國家圖書館出版品預行編目資料

黑白狂想曲／陳黎著;楊淑雅繪.－－二版一刷.－－臺北市：三民，2009
面；　公分.－－(兒童文學叢書・小詩人系列)

ISBN 978-957-14-3827-6　(精裝)

859.8

© 黑白狂想曲

著作人	陳　黎
繪　者	楊淑雅
發行人	劉振強
著作財產權人	三民書局股份有限公司
發行所	三民書局股份有限公司 地址　臺北市復興北路386號 電話　(02)25006600 郵撥帳號　0009998-5
門市部	(復北店) 臺北市復興北路386號 (重南店) 臺北市重慶南路一段61號
出版日期	初版一刷　2003年2月 二版一刷　2009年2月
編　號	S 856281

行政院新聞局登記證局版臺業字第〇二〇〇號

ISBN 978-957-14-3827-6　(精裝)

http://www.sanmin.com.tw　三民網路書店

兒童文學叢書
・小詩人系列・

黑白狂想曲

陳　黎／著
楊淑雅／繪

三民書局

詩心・童心
——出版的話

可曾想過，平日孩子最常說的話是什麼？

「媽！我今天中午要吃麥當勞哦！」「可不可以幫我買電視上廣告的那種電動玩具！」「我好想要百貨公司裡的那個洋娃娃！」

乍聽之下，好像孩子天生就是來討債的。然而，仔細想想，這些話的背後，絕不只是貪吃、好玩而已；其實每一個要求，都蘊藏著孩子心中追求的夢想——嚮往像童話故事中的公主般美麗、令人喜愛；嚮往像金剛戰神般的勇猛、無敵。

為了滿足孩子的願望，身為父母的只好竭盡所能的購買，但孩子們總是喜新厭舊，剛買的玩具，馬上又堆在架子上蒙塵了。為什麼呢？因為物質的給予終究有限，只有激發孩子源源不絕的創造力，才能使他們受用無窮。「給他一條魚，不如給他一根釣桿」，愛他，不是給他什麼，而是教他如何自己尋求！

事實上，在每個小腦袋裡，都潛藏著無垠的想像力與無窮的爆發力。大人常會被孩子們千奇百怪的問題問得啞口無言；也常會因孩子們出奇不意的想法而啞然失笑；但這種不規則的邏輯卻是他們認識這個世界的最好方式。而詩歌中活潑的語言、奔放的想像空間，應是最能貼近他們跳躍的思考頻率了！

於是，我們出版了這套童詩，邀請國內外名詩人、畫家將孩子們天馬行空的想像，熔鑄成篇篇詩句；將孩子們的瑰麗夢想，彩繪成繽紛圖畫。詩中，沒有深奧的道理，只有再平常不過的周遭事物；沒有諄諄的說教，只有充滿驚喜的體驗。因為我們相信，能體會生活，方能創造生活，而詩的語言，也該是生活的語言。

每個孩子都是天生的詩人，每顆詩心也都孕育著無數的童心。就讓這些詩句在孩子的心中埋下想像的種子，伴隨著他們的夢想一同成長吧！

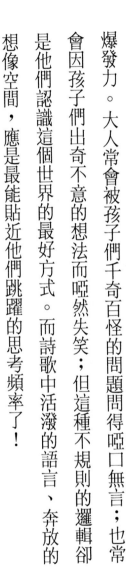

作者的話

這本《黑白狂想曲》是繼五年前出版，並且獲得當年（一九九七年）「好書大家讀」年度最佳少年兒童讀物獎的《童話風》之後，我再一次寫成的一本歡迎兒童及少年入場觀賞的詩集。詩是充滿想像力和趣味的東西，這本《黑白狂想曲》就是一個異想天開的寫詩者，「黑白」想、「黑白」寫、「黑白」講的結晶。這是一本「限制級」的書，只限童心未泯或者喜歡想像和創造，自由和快樂的大人、小孩看。寫作這件事，本來就是白紙寫黑字，所以親愛的讀者們，千萬不要害怕我的「黑白」亂想、「黑白」亂寫、「黑白」亂講，詩本來就是詩人的狂想。這些白紙黑字寫成的詩配上精采的圖之後，「黑白來，彩色去」，就變成多采多姿的一本繪本書了。

這本小詩集，還是請我的女兒立立擔任「文字指導」。我寫《童話風》時，還在讀小學的她，如今已經快要高中畢業

陳黎

了。《黑白狂想曲》裡，有一首詩「借用」了她小時候的靈感，但是她說「家醜不要外揚」，所以我就不明說了。立立的媽媽——張芬齡老師，再一次「大材小用」，用她經常翻譯世界名作、撰寫文學評論的手，為這本詩集的每一首詩，添加了雖小卻很可愛的解說。

再次希望這本詩集裡的「小」詩，能夠激發閱讀它的小詩人們寫出自己的大作。

目次

懶散貓圓舞曲 08—09
落葉練習 10—11

黑白狂想曲

遙控器 12—13
地圖 14—17
玩球 18—19
荷包蛋 20—21

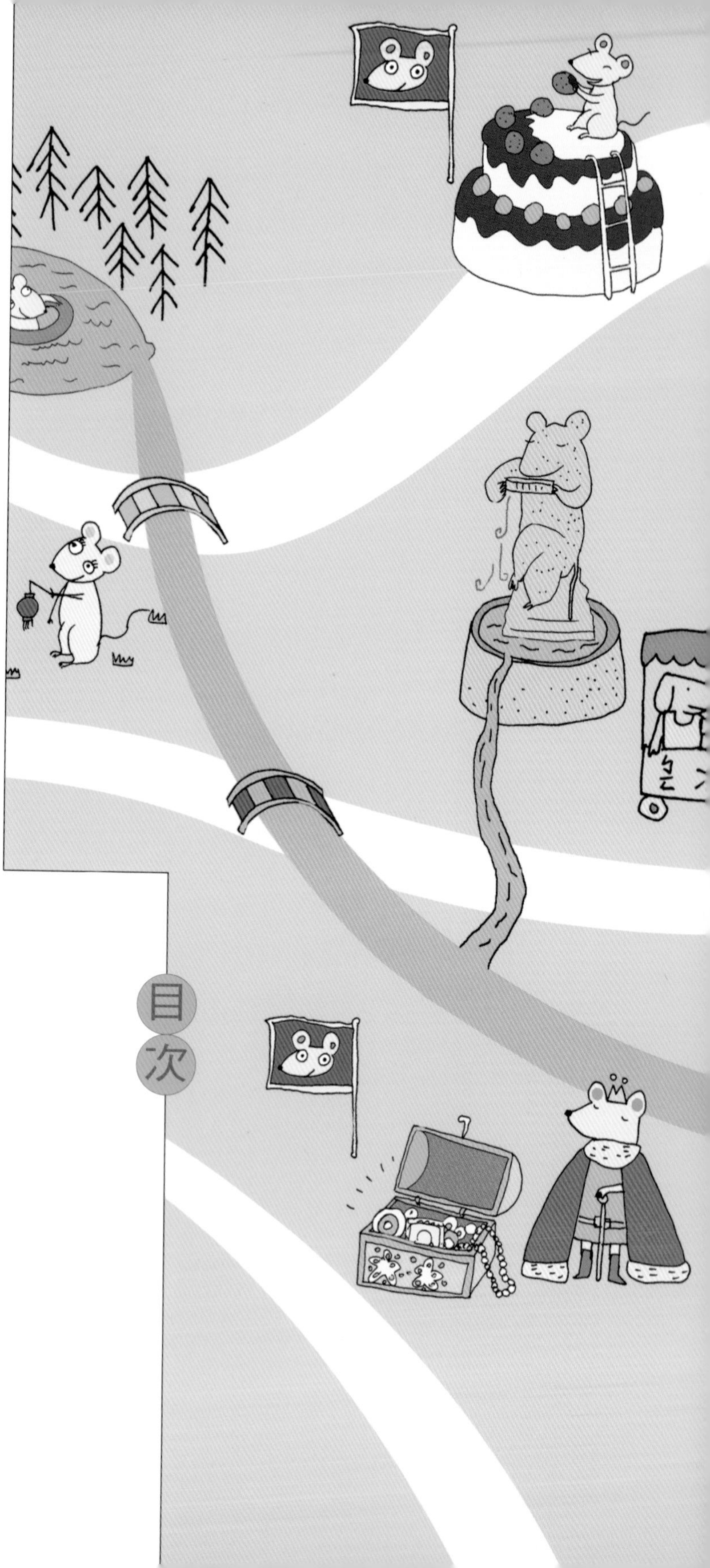

22—25 石頭之歌
26—27 黑白狂想曲
28—29 疑問集
30—31 呆瓜記
32—35 春天的雨
36—37 立可白的夜
38—41 阿德的抽屜
42—43 用牙膏刷牙的好處
44—45 天空之窗
46—47 拖鞋之歌
48—49 馬桶之歌
50—51 消防隊長夢中的埃及風景照
52—53 孤獨昆蟲學家的早餐桌巾
54—55 世界盃，二〇〇二

懶散貓圓舞曲

懶散貓噗噗，兩歲半。
愛翻書，嗜紙類，
成天睡覺。
睡醒後，想尿尿，
不說不叫，
跳上我新買的一本《愛貓指南》，
靜靜的坐上去又靜靜下來，
留一股辛辣味讓我收拾殘局。
懶散貓噗噗，整天在家。
聽音樂，看窗外，
若有所思。

牠像牠的主人，是個
旅行文學作家。
跳上電腦，撞倒桌燈，
四處搜尋題材。
啊可嘆，牠的寫法只有一種：
以尿為筆，寫在任何紙上。

我們常常在寵物身上看到人的特質。
懶散貓噗噗和牠的主人在個性和嗜好上
有很多共通之處，十分有趣。
但是牠卻常常闖禍，留下爛攤子，
讓愛牠的主人替牠收拾。
這讓我們聯想起「加菲貓」和「史奴比」。
這首詩的節奏，很像三拍子的圓舞曲。

落葉練習

一片葉子，想要很快，很快的
從樹上落下來。但只是想，
因為它是在那麼高的樹上，
下來的時候，也許一陣風
把它吹到更高的別人家的
屋頂上。也許另一陣風
又把它吹到附近公園的水池裡，
等一個逃課的小學生，在下午，
因為追逐一隻蜻蜓，歪斜蹦跳的
走來，發現它，把它從池裡撈起，
輕輕放在草地上。

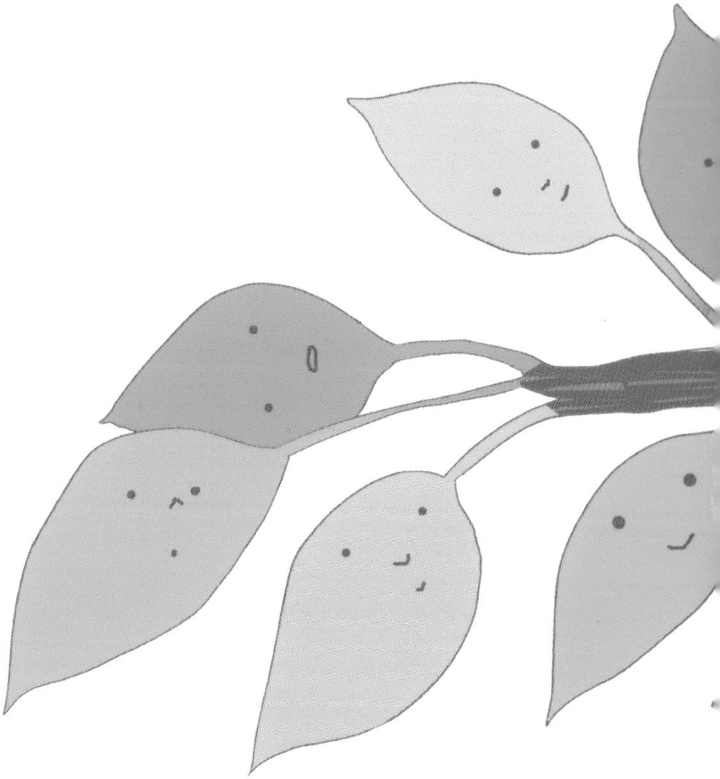

一片葉子，想要很快，很快的
從樹上落下來。但只是想，
因為眼前它只是一片鮮嫩的綠葉，
在高高的樹上，等鳥兒們和蟲兒們
輪流把春天的歌唱完，等夏蟬
大聲叫說「我熱死了」，等秋天
溫柔的把它的血脈肉體染黃，
染紅，它才可以告別
它居留的樹枝，
慢慢慢慢回到土裡……

葉子想落到地面，
似乎得經過幾番折騰，
才能如願。
於是它就只好一直等呀等呀，
從春天等到秋天。
它要到地面做什麼呢？
到草地上找好朋友綠草？
還是回到泥土裡重新發芽，
等待另一次新生？

遙控器

遙控器，多神奇，
拿著它瞄向電視機，
機關槍般掃射出
一臺接一臺眼花
撩亂的畫面。
不喜歡的節目，槍斃它；
不聽話、愛插播廣告的
頻道，讓它暫時死去，
等它改過遷善，再讓它
重新活過來。
遙控器，遙控每一家的電視機。
遙控器，遙控每一家的電動捲門，汽車門和CD唱機。

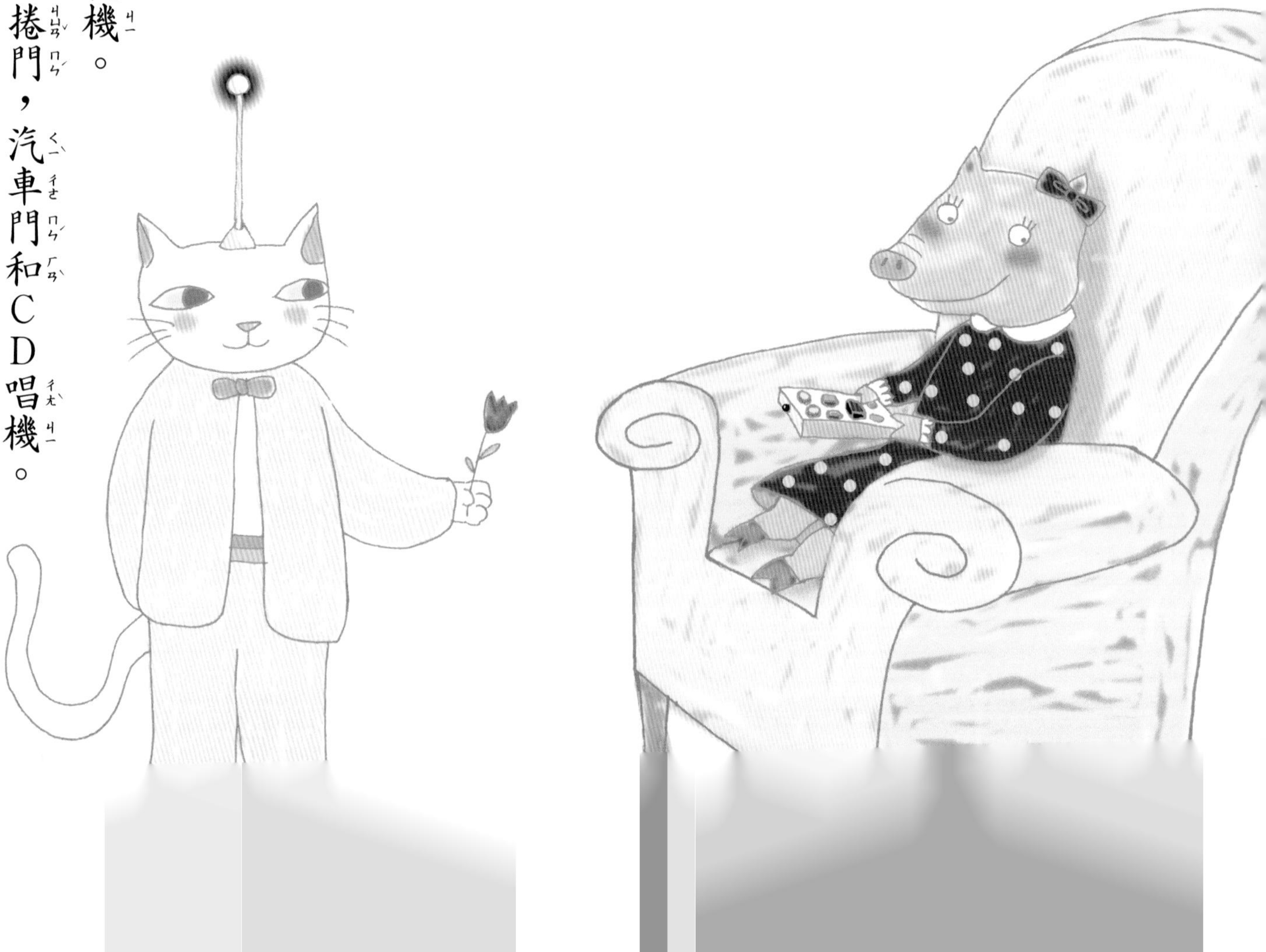

但有沒有一支遙控器可以遙控數學老師的脾氣？

有沒有一支遙控器可以遙控媽媽臉上忽冷忽熱的溫度計？

有沒有一支遙控器可以遙控隔壁班那討人厭的傢伙的心？

電視遙控器像機關槍，
可以槍斃不好看的電視，
或者逼它們改過自新，
真是現代生活中實用的武器！
要是人類也可以像「哆啦A夢」一樣，
發明一種控制他人情緒或脾氣的機器，
那就太美妙了！

地圖

我的世界地圖很複雜，也很簡單，
有陸塊，有海洋，
有大大小小的山、河、湖、島，
平原、盆地，
還有大大小小的國家。

最大的陸塊住著我的夢（
它的名字就叫做夢之土），
那兒藏著小時候我偷埋的寶藏：
春天早上發現的風的銀礦，
秋天午後遇見的葉的金礦，
還有忘不了的星，忘不了的蟲，
忘不了的媽媽的笑容。

最大的海洋裡翻動著所有
我喜愛的歌：
從媽媽的湖泊裡流過來的搖籃曲，
從爸爸的口琴裡湧出的一條條小溪，
還有旋轉的唱片之島慢慢磨出的歌，
你教我的歌，我教你的歌，
啊，甚至那首雨滴般從
眼睛流下的歌。

一張摺疊在我手帕裡的世界地圖：
所有的山、河、湖、島，
平原、盆地，
都用我最親愛的人為名；
所有的陸塊、海洋，
大小國家，
都懸掛同一面國旗。

仔細想想自己身邊的人、事、物，
想想自己曾經有過的喜、怒、哀、樂的經驗，
你也可以替自己的世界畫一張地圖。
除了陸塊、海洋、山、河、湖、島，平原、盆地，
你或許還可以畫上你自己專屬的城堡、祕密基地、
鐵路、隧道、遊樂場、書店或百貨公司。
畫出地圖之後，你或許會發現：
原來自己是個大富翁呢！

玩球

一隻貓在房間裡玩一粒
五彩球，
牠用兩隻腳推球
像推動一座小山，
推累了，
球留在地板上，
貓跳到窗臺邊。

兩個小孩在圍牆外
丟棒球，
球上飛的時候像鳥，
球在地上蹦跳，慢慢
滾入手套，像白色的兔子。
我聽到一個小孩說

貓玩球，小孩玩球，媽媽們玩球，
不一樣的球，不一樣的結果。
貓累了，小孩的球不見了，
媽媽們卻還不停歇的
合力推動一粒超級大球——地球，
希望她們的孩子玩得開心，睡得安穩。
有人用「推動搖籃的手，就是推動地球的手」
來說明母愛的偉大和重要，
而詩人似乎想假借貓之口告訴我們：
他是這句話的見證者。

球不見了。
他們蹲在草叢裡，
像馬戲團解散後的馴獸師。

一千個母親在諸神的夢中
玩球。她們向虛空伸出
手臂，用力的把一粒
看不見的球往上推，
推給她們的孩子當玩具，
推給她們的孩子當枕頭。
在窗口看星星的貓說
天啊，她們推動的是地球！

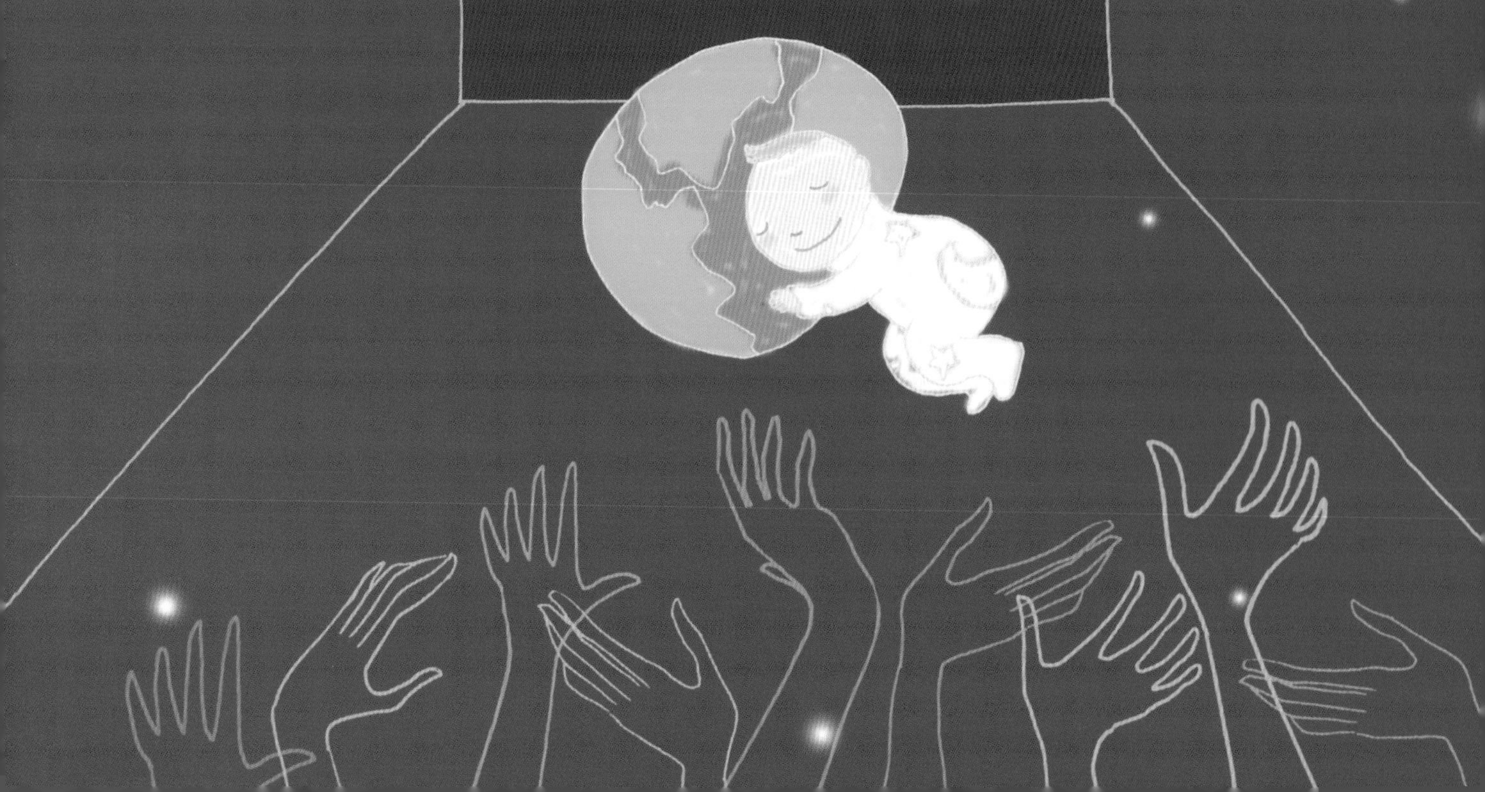

荷包蛋

荷包蛋像一個搖籃，
柔柔軟軟的蛋白絨布，
裹著黃黃嫩嫩，熟睡的
小嬰孩——
啊，我不忍心用筷子吵醒他。

詩人把「蛋白」比喻成軟綿綿的絨布，
把「蛋黃」比喻成絨布裡熟睡的嬰兒。
下一回當你看到荷包蛋時，
想起這樣的巧喻，
會不會和詩人一樣，捨不得吃？

MILK

石頭之歌

石頭在歌唱：
日出的聲音，
日落的聲音，
花開的聲音，
花謝的聲音。

風在它體內睡著了，
風在它體內甦醒了。

石頭在歌唱：
大海的呼吸，
星星的嘆息，
閃電的音符，
群山的私語。
光在它體內睡著了，
光在它體內甦醒了。

巨大的石頭，寬厚的母音。
一整座沙灘的石頭：一連串溼了
又乾了，乾了又溼了的回音……

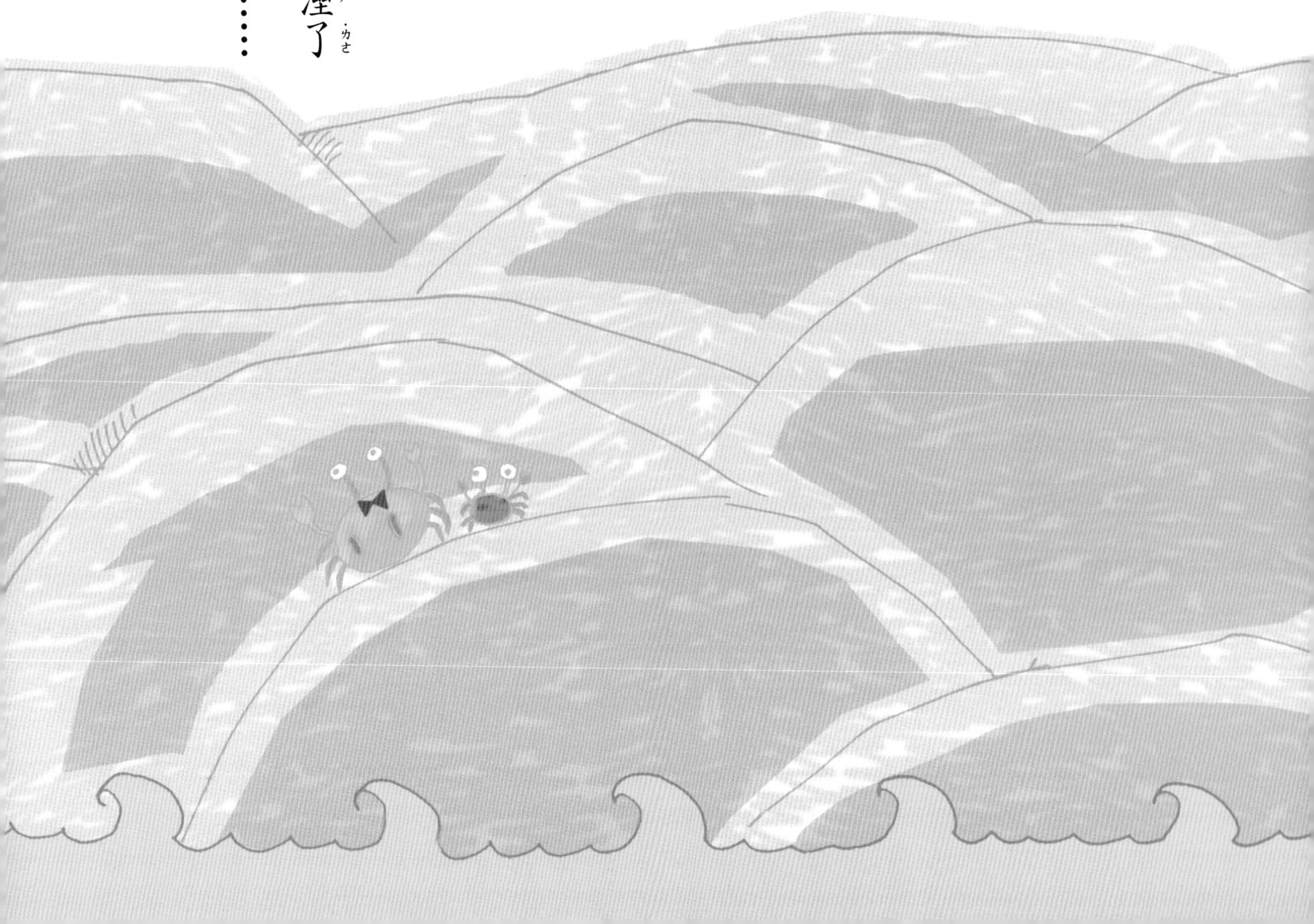

石頭在做夢，
在它體內雨也做著夢，
夢見彩虹在天空歌唱，
夢見海浪在向它招手。

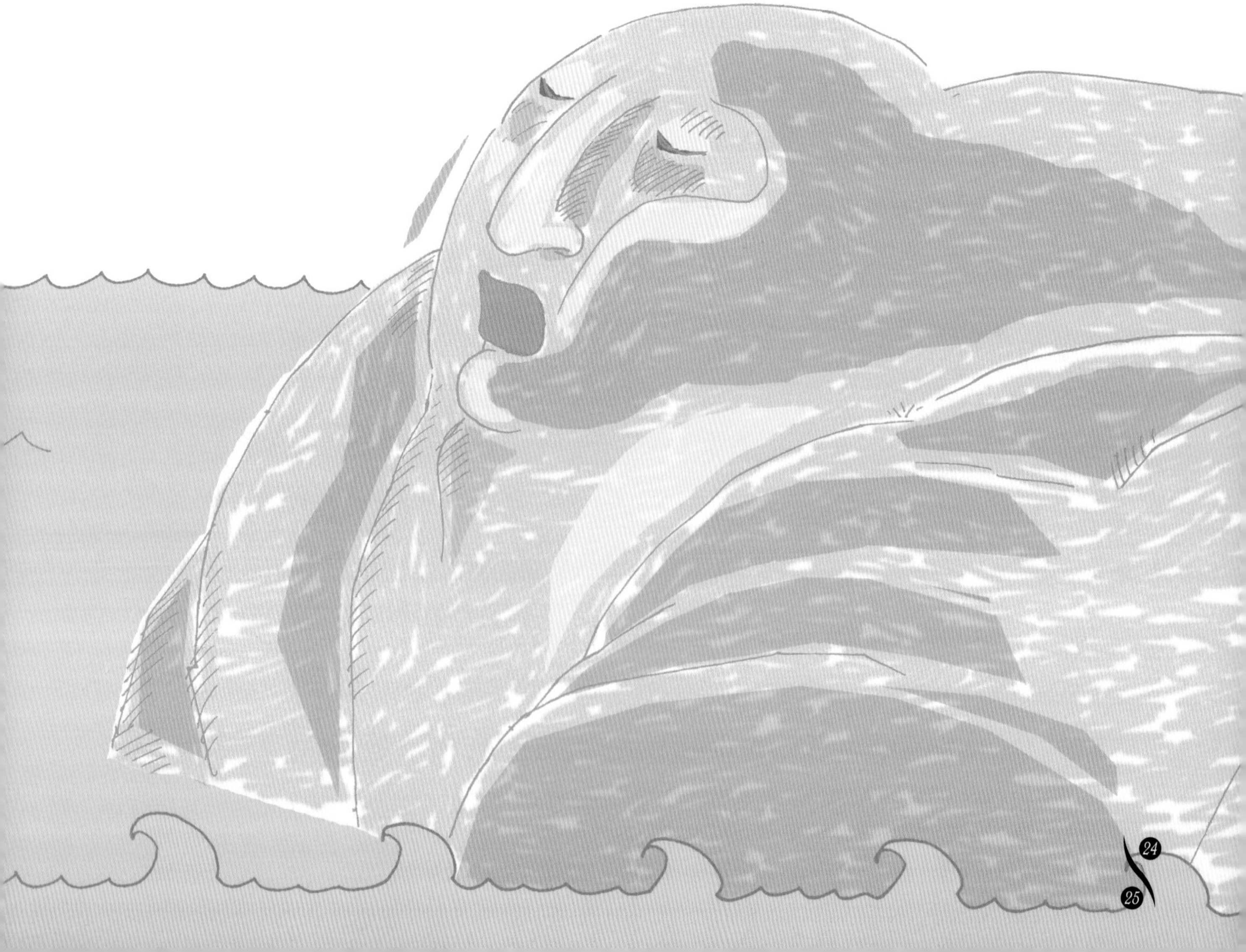

石頭在做夢，
在它體內祖父也做著夢，
夢見細草在岸邊微笑，
夢見蜜蜂在耳邊迴繞。
巨大的石頭，寬厚的母音。
一整座沙灘的石頭：一連串溼了
又乾了，乾了又溼了的回音……

看起來冰冷、堅硬的石頭，
其實是溫柔、有情的。
它們會唱歌，會做夢。
它們在沙灘上隨著日出日落，
和大海、星星、風、雨一同作息。
它們雖然安靜，卻是有生命的。
不信的話，就到大自然的美術館
去看看一座座栩栩如生的石雕作品吧！

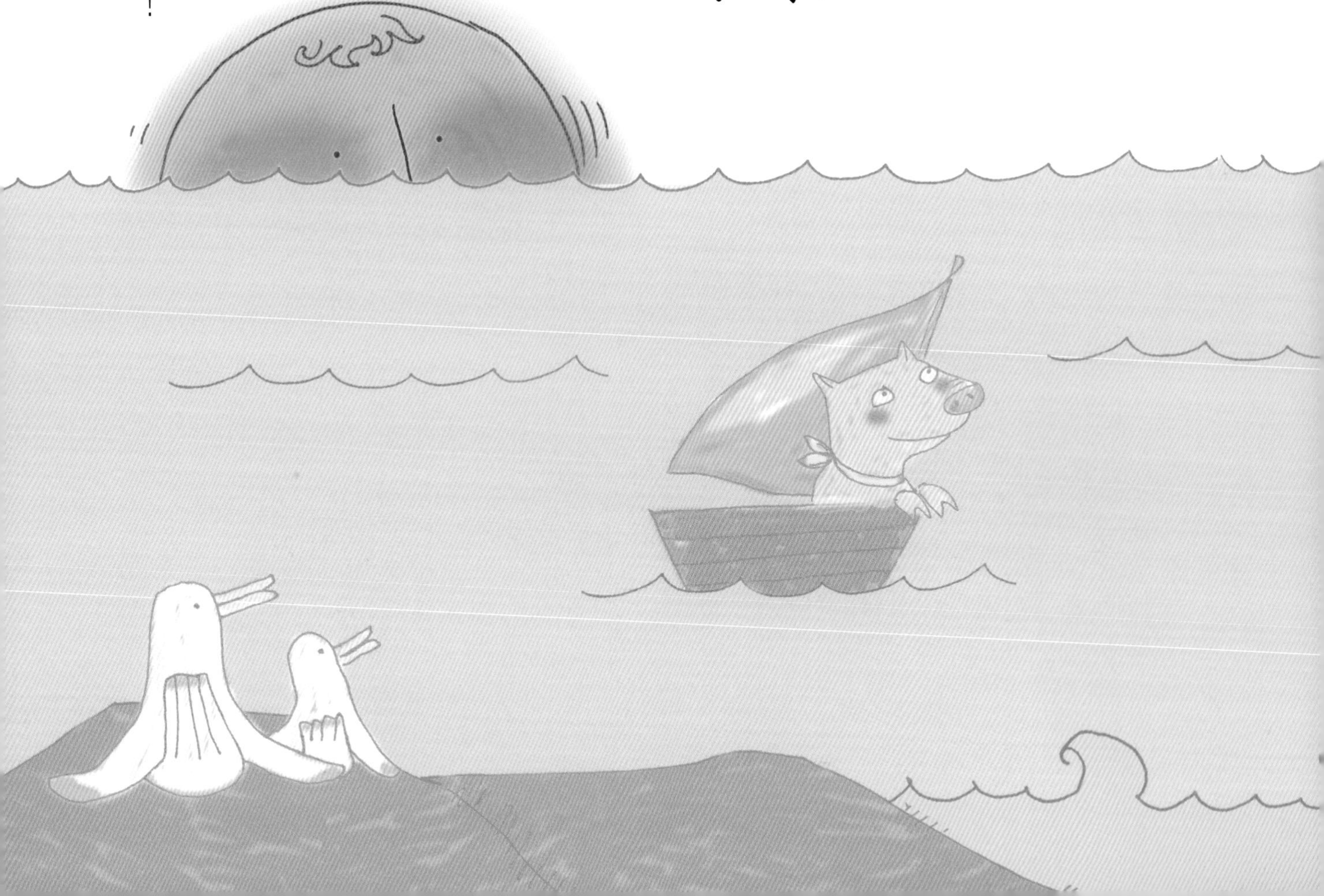

黑白狂想曲

我喜歡黑媽祖露出白牙齒。
我喜歡黑柏油融化成白雪花。
我喜歡黑老鼠追白貓。
我喜歡黑芝麻撒在白米飯。
我喜歡黑雨傘張開出白牡丹。
我喜歡黑聖經翻出白砂糖。
我喜歡黑煙囪冒出白鴿子。
我喜歡黑墨水寫出白話文。
我喜歡黑螞蟻遊行白燈塔。
我喜歡黑手套包住白日夢。
我喜歡黑衣主教大戰白面書生。
我喜歡黑色星期五嚇走白色恐怖。
我喜歡黑澤明愛上白賊七。

我喜歡黑格爾大吃白斬雞。
我喜歡黑旗軍夢遊白令海。
我喜歡黑龍江遇見白馬湖。
我喜歡黑鈣土迸出白血球。
我喜歡黑森林藏住白雪公主。
我喜歡黑猩猩閱讀白蛇傳。
我喜歡黑頭蒼蠅辯論白馬非馬。

將二十組「黑」、「白」相對的事物隨意拼湊，
平行並置，雖然有許多句子不合邏輯，
卻又似乎別具趣味。
這種「無厘頭」似的配對組合，
跳脫現實的思維模式，
充滿了搞笑的幽默，和超現實的趣味。
這首詩其實還可以無限擴充，
你不妨也胡思亂想一番，
把你知道的黑白事物「黑白講」一番！

疑問集

一顆很南國很南國的春天的紅豆，和一顆
很春天很春天的南國的紅豆，誰比較相思？

晚霞是略感涼意的天空打出的彩色噴嚏
還是準備收攤的白日不惜血本貼出的大拍賣廣告？

和時間拔河，拔過來的是一時一刻，一分一秒，
還是日日夜夜不停流動的河水？

騎著綠色腳踏車，穿著綠色制服的郵差送來的
綠色醬油是給人烹調用的還是給樹美容用的？

沒有穿衣服靜坐的山，沒有蓋棉被睡覺的池塘，
冬天的夜裡會不會集體感冒？

有很多問題是沒有標準答案的，
不同年紀、不同心情、不同生命體驗的人，
對同樣的問題會有不同的答案。
你是不是也有許許多多的問題？
何不把它們一條條列出來，
每隔一段時間拿出來思索一番？
你也可以將問題帶到學校和朋友分享，
這可是一種可以讓人腦力激盪的益智遊戲哦！

呆瓜記

坐在房間裡發呆
安安靜靜
像一粒西瓜

讓心思滾到遠遠的東邊
讓心思滾到遠遠的西邊
讓心思滾到遠遠的南邊
讓心思滾到遠遠的北邊
我照樣坐著，呆呆
像一粒西瓜

我忽然間笑了
我忽然牽動了嘴角
因為我想到西瓜身體裡
紅紅的肉：
那麼多汁
那麼甜
那麼熱鬧

讀完這首詩之後，
下回有人因你的外表罵你「呆瓜」時，
你就不用生氣了。
西瓜的外形圓圓胖胖、呆呆笨笨的，
但裡頭卻有紅紅的果肉和香甜的汁液。
看似呆呆、靜靜的外表裡面，
也許蘊藏著無限的活力和創造力。

春天的雨

兩三滴
滴在
街上
兩三滴
滴在
牆上
兩三滴
滴在
電線
桿上
（電線
上睡著

十隻
小鳥
被雨
滴
醒
一隻
還剩下
幾隻
？）
滴在
你的
窗上

滴在
我的
海上

藍藍
寬寬
思
念
的海

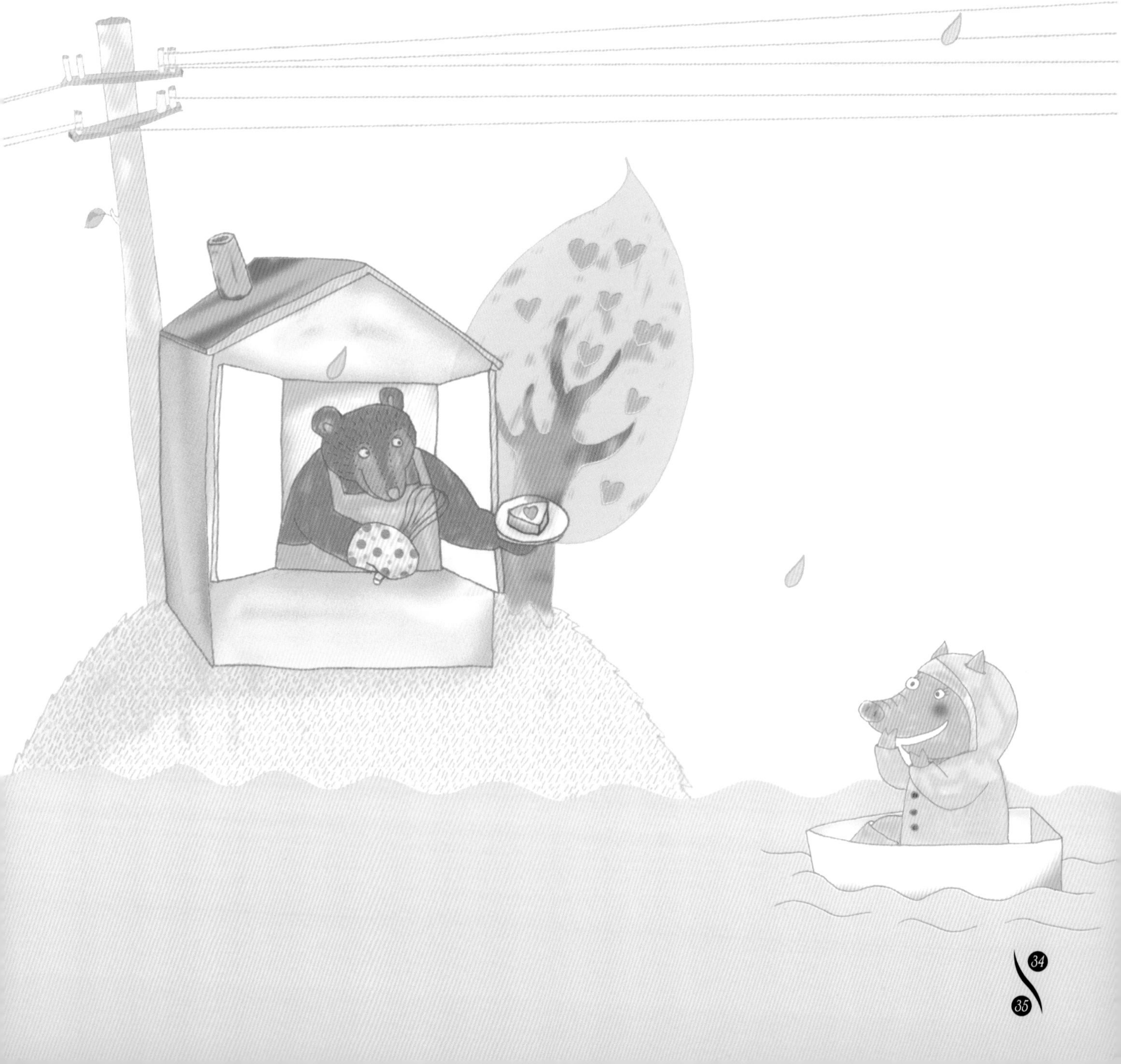

這首詩每一行都好短（只有一到三個字），
模擬似下未下的春天的小雨（每次只下個兩三滴）；
而長長的詩型，則讓人聯想到街道上的
電線桿間長長的電線。
春雨滴落窗上，也滴落心頭，
讓詩人思念起不在身邊的親人或友人。
春天，真是一個容易讓人思念的季節。

立可白的夜

黑色的火車穿過黑漆漆的隧道
撞上不知名的小站的夜
夜就變得更夜了

站長手上的粉筆被黑煙染成炭筆
在夜空的黑板上寫黑黑的字：
「X時X分，一列沒有車次的禍車
戴著不詳的貨霧，從火車時嗑表外
闖過夢的瓶交道，進入笨站……」
路過的精靈看到打瞌睡的他

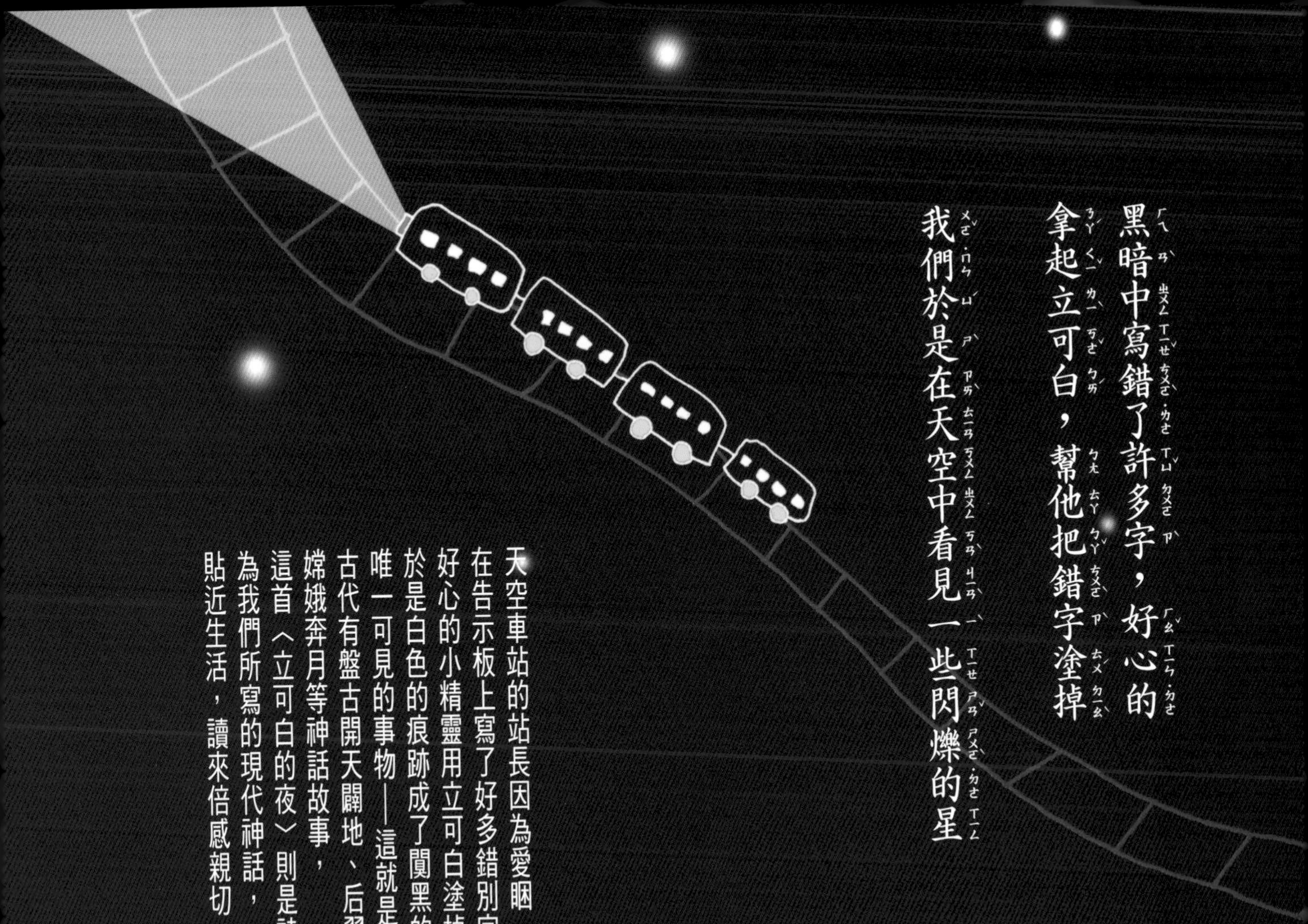

黑暗中寫錯了許多字，好心的
拿起立可白，幫他把錯字塗掉
我們於是在天空中看見一些閃爍的星

天空車站的站長因為愛睏
在告示板上寫了好多錯別字，
好心的小精靈用立可白塗掉錯字，
於是白色的痕跡成了闃黑的夜空中
唯一可見的事物——這就是星星的由來。
古代有盤古開天闢地、后羿射日、
嫦娥奔月等神話故事，
這首〈立可白的夜〉則是詩人
為我們所寫的現代神話，
貼近生活，讀來倍感親切。

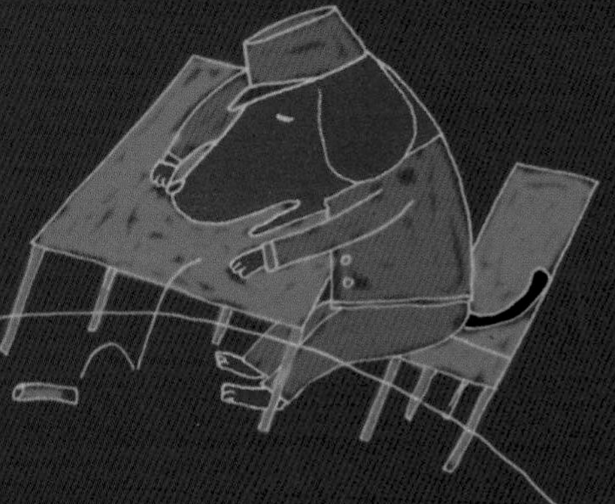

阿德的抽屜

阿德有十二個抽屜
一個用來裝海邊撿回來的小石頭
一個用來裝海邊撿回來的大石頭
那些裝不下去的更大的石頭全部鎖在第三個抽屜
（在他左邊腦袋的右上角），滿滿的，不怕擠破

還有一個抽屜裝親朋好友送的、自己買的玩具
還有一個抽屜裝從小到大領到的獎狀、紀念章、紀念幣
那些無法歸類的東西全部放進另一個抽屜
像是小學二年級時喜歡的女生好看的笑臉
環島旅行時徹夜在海邊旅館聽到的海浪的聲音

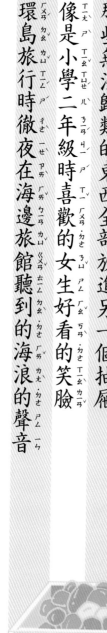

還有在很遠的長虹橋上看到的雨後的彩虹
還有在夢中不時閃現的峽谷的沙金
還有一個抽屜裝不時來拜訪的憂傷
特別是在星期日晚上或星期一早晨
或者當可愛的琪琪跟他說抱歉她父母叫她不要講太長的電話
還有一個抽屜裝他的各種計畫
成為世界偉人（像能讓像他一樣矮的拿破崙變高的名催眠師）的計畫
成為星期一三五不用上班，星期二四六只要坐在麥當勞吃兩個蛋捲冰淇淋
就可以月入數十萬的上班族的計畫

還有一個抽屜裝棒球卡、籃球卡、影星卡、歌星卡、
健保卡、公車卡、地鐵卡
金融卡、貴賓卡、借書卡、免費公廁卡、甜不辣折扣卡
還有三個抽屜，他讓它們一直空著
因為他覺得人生這麼長
不知道還有什麼奇怪的東西要他處理
不知道還有多少不可告人的祕密要他小心藏好

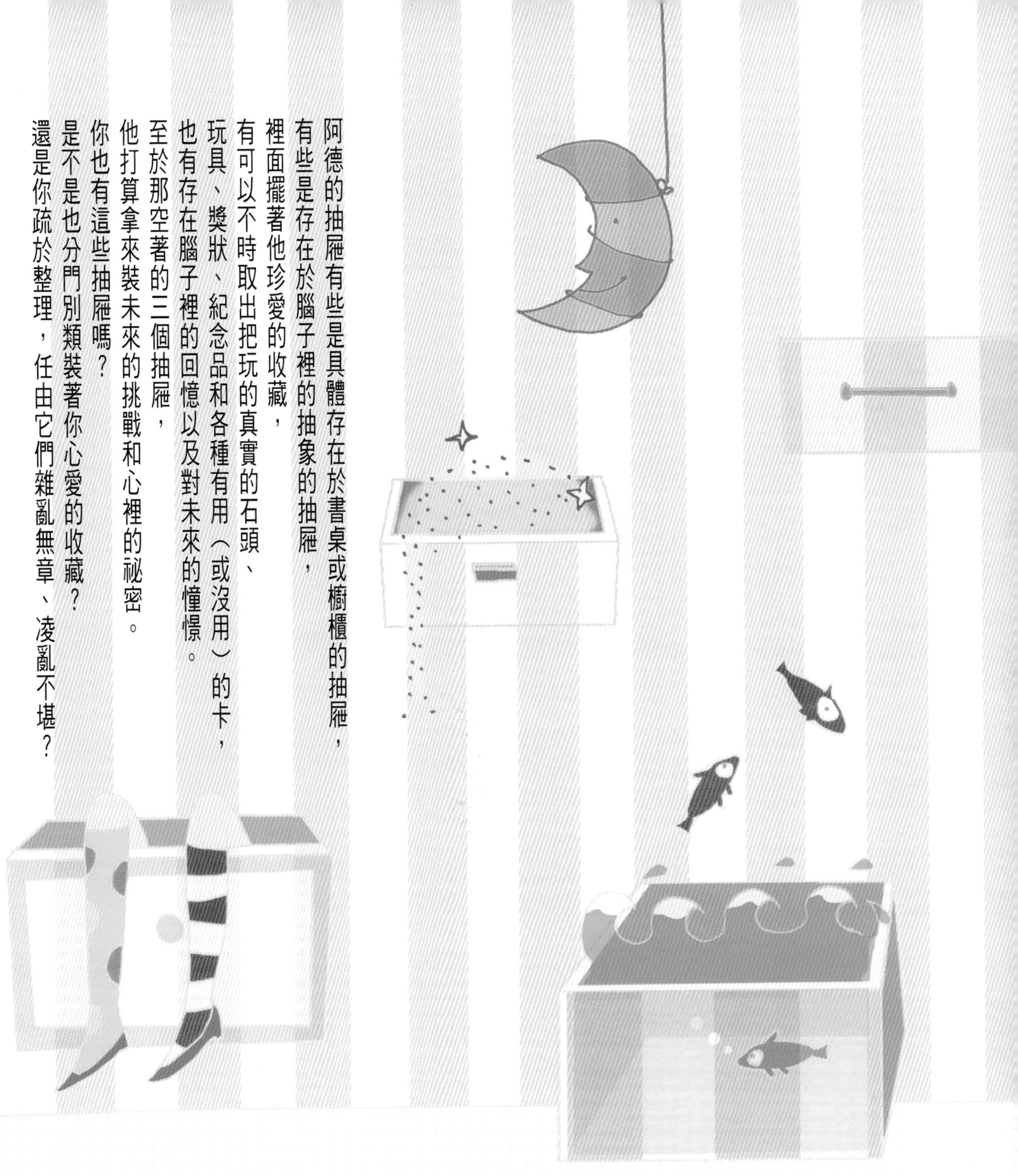

阿德的抽屜有些是具體存在於書桌或櫥櫃的抽屜，
有些是存在於腦子裡的抽象的抽屜，
裡面擺著他珍愛的收藏，
有可以不時取出把玩的真實的石頭、
玩具、獎狀、紀念品和各種有用（或沒用）的卡，
也有存在腦子裡的回憶以及對未來的憧憬。
至於那空著的三個抽屜，
他打算拿來裝未來的挑戰和心裡的祕密。

你也有這些抽屜嗎？
是不是也分門別類裝著你心愛的收藏？
還是你疏於整理，任由它們雜亂無章、凌亂不堪？

用牙膏刷牙的好處

一、像立可白一樣，擦掉蛀蟲們在牙齒上亂塗亂寫的字。

二、口齒留香，說髒話的時候比較乾淨。

三、像油漆刷過公園座椅，油漆未乾時黏住各種滋味的屁股。

四、刷卡送好禮，天天刷，天天送一大漱口杯清涼有勁的泡沫「呸牙」茶。

五、沒有好處。因為我小時候不愛刷牙，現在牙齒已掉光。

（沒齒難忘刷牙的辛苦！）

用牙膏刷牙究竟有沒有好處？
詩人列舉了五點，
你可以把它當成是問答題的答案，
也可以把它當成選擇題的選項
（可單選，可複選，也可以放棄作答），
或者是非題的題目。
當然，更歡迎你加入解題或出題的行列，
和詩人一起繼續擴寫這首詩。
詩人在這首詩裡大玩想像和文字的遊戲，
所以請注意：「呸牙」茶和市面上販售的
「胚芽」茶是截然不同的產品哦，
而「沒齒難忘」的「沒」可讀成ㄇㄛˋ，
亦可讀成ㄇㄟˊ。

天空之窗

天空是公開的螢幕
連結到家家戶戶的電腦
雲朵是天空的抹布
一小團一小團擦過桌面
藍色的桌布就更加藍了

心情好時它常常換桌布
有時是美美的人間四月天
有時是狂野的星光燦爛夜
心情不好時它也換桌布
有時是清朗的快雨時晴帖
有時是粗暴的風雲相撲圖

天空不斷開啟新的檔案和視窗

春天的時候，它為我們掃描了
萬紫千紅的花草圖像檔
夏天的午後，它常常打開
影音播放工具，播一段
涼意盎然的雷陣雨
它有時隨手在空白的畫面上
鍵入幾隻飛鳥或者一列孤煙
秋天的夜裡，它為每一臺
離家出走的手提電腦
複製同一枚明月

它有時整個暗起來
只留下幾點隱約的星光
那是因為你們累了，要休息了
它為你們暫時關機
並且啟用省電裝置

天空是不必花錢就可連線的電腦，
每一戶人家都可擁有。
詩人用電腦的用語描述天空的景象，
讓現代科技和大自然景象「連線」，
竟然出現如此多的相通之處！
不同天氣和時段的天空，
像電腦螢幕上可時時更換的桌面；
出現於天空的各式色澤、
飛鳥、煙霧、明月，
則像是儲存於電腦裡的各種檔案。
雷陣雨嘩啦啦下起，就好像電腦的
影音播放器（Media Player）開啟；
而晚上當天空暗下，只剩星光點點，
就像電腦啟用省電裝置，暫時關機。
第二天，當你打開窗戶，
天空視窗將又出現你眼前。
詩中的「快雨時晴帖」衍生自
王羲之的著名書法作品
「快雪時晴帖」。

拖鞋之歌

拖拖拉拉是我行事的風格
鬆鬆垮垮，踩踏過裝模作樣的人生
輕輕鬆鬆，自自在在
不必換上皮鞋，襪子，稍息，立正，向
老師敬禮
校長敬禮
市長敬禮
縣長敬禮
總統敬禮
不必正襟危坐，正經偽做，講究國家安全
民族安全
交通安全
口腔安全
廁所安全
拖，拖到最舒服，最心甘情願的一刻

拖，拖到山窮水盡，柳暗花明
並且用口哨吹一首拉哩拉躂，不成曲調的歌

拖拖拉拉，鬆鬆垮垮
左腳不必管右腳，統一、獨立都可以
拖拖拉拉，鬆鬆垮垮
一首一路掉眼鏡，掉鑰匙，掉證件，掉拍子，掉以輕心的輕鬆的歌

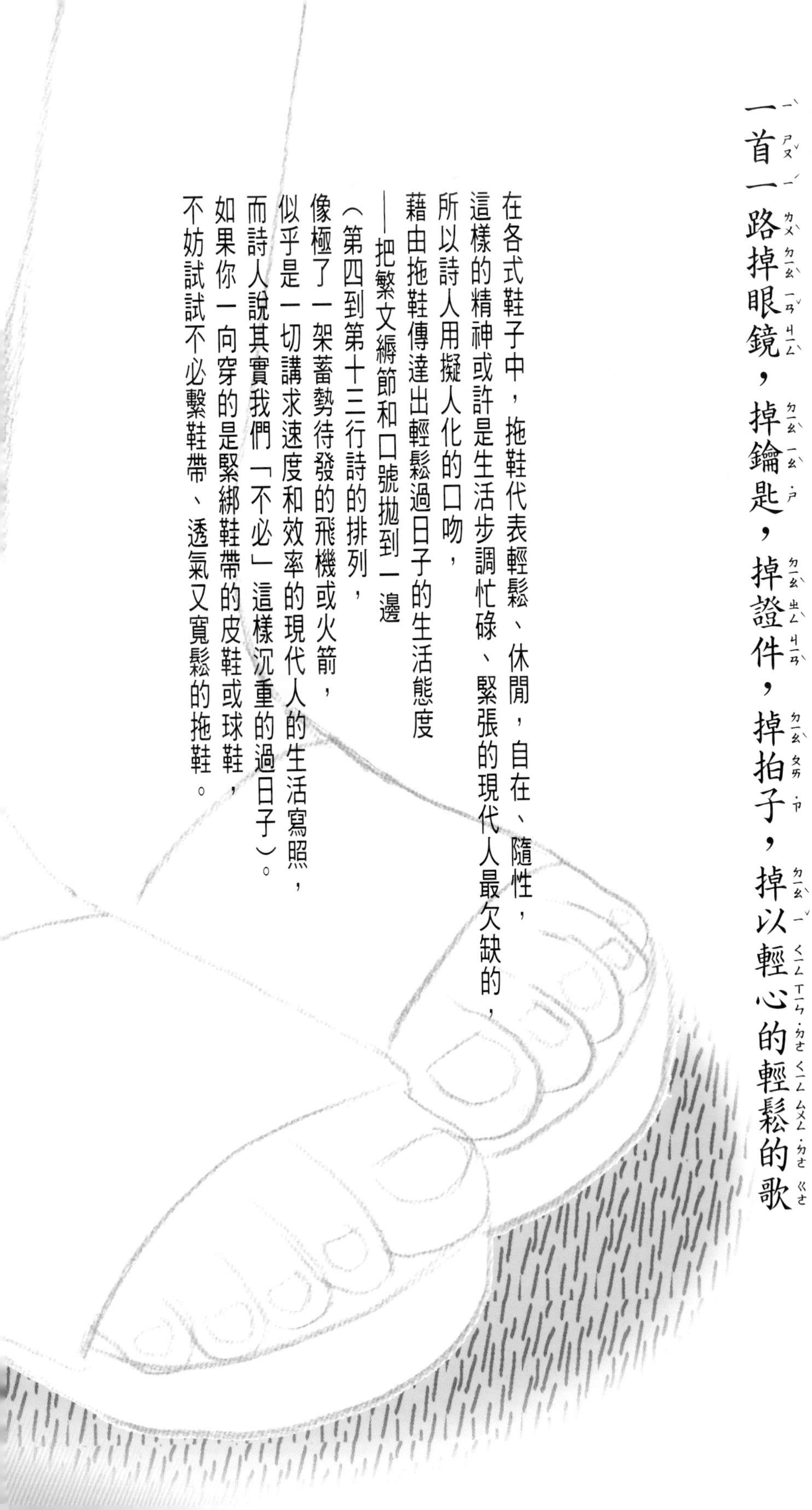

在各式鞋子中，拖鞋代表輕鬆、休閒，自在、隨性，
這樣的精神或許是生活步調忙碌、緊張的現代人最欠缺的，
所以詩人用擬人化的口吻，
藉由拖鞋傳達出輕鬆過日子的生活態度
——把繁文縟節和口號拋到一邊
（第四到第十三行詩的排列，
像極了一架蓄勢待發的飛機或火箭，
似乎是一切講求速度和效率的現代人的生活寫照，
而詩人說其實我們「不必」這樣沉重的過日子）。
如果你一向穿的是緊綁鞋帶的皮鞋或球鞋，
不妨試試不必繫鞋帶、透氣又寬鬆的拖鞋。

馬桶之歌

我是人類物質文明的博物館
我在世界各地都設有分館
我收容被人類偉大器官充分咀嚼、消化後積累的一切精華
你們有收藏古今藝術精華的羅浮宮、故宮等博物院、美術館
我也跟你們不相上下——
你們有奧賽美術館，我是「放塞」、「落塞」美事館
你們是大都會博物館，我呢，我想每個人每天「大都會」來本館遊覽好幾回
你們是龐畢度藝術中心，我則是「龐脾肚」物流中心，吞納來自龐大脾、
胃、肚、腸的各色流通物
我們是有聲博物館，並且不乏嗅覺、視覺的招待
我們的展示空間私密而貼近
館舍雖小，卻有龐大、嚴密，互相通聯的地下後援組織
我們做好最有效的收藏品接收、典藏、交流工作

造形、尺寸雖然不算偉大，卻是無底的聚寶盆
本館歡迎各界人士踴躍捐輸，並且樂意庇護所有急難同胞

在這首詩裡，我們看到詩人超級大膽的想像和創意——用最美的意象來形容最醜的事物！詩人大玩「諧音」的文字遊戲，將展出藝術品的優雅美術館和博物館，和收納人類污穢排泄物的馬桶相提並論，充分發揮了文學「美化和提昇人生」的功能。

消防隊長夢中的埃及風景照

火ㄏㄨㄛˇ
火ㄏㄨㄛˇ火ㄏㄨㄛˇ
火ㄏㄨㄛˇ火ㄏㄨㄛˇ火ㄏㄨㄛˇ
火ㄏㄨㄛˇ火ㄏㄨㄛˇ火ㄏㄨㄛˇ火ㄏㄨㄛˇ
火ㄏㄨㄛˇ火ㄏㄨㄛˇ火ㄏㄨㄛˇ火ㄏㄨㄛˇ火ㄏㄨㄛˇ
火ㄏㄨㄛˇ火ㄏㄨㄛˇ火ㄏㄨㄛˇ火ㄏㄨㄛˇ火ㄏㄨㄛˇ火ㄏㄨㄛˇ
火ㄏㄨㄛˇ火ㄏㄨㄛˇ火ㄏㄨㄛˇ火ㄏㄨㄛˇ火ㄏㄨㄛˇ火ㄏㄨㄛˇ火ㄏㄨㄛˇ
火ㄏㄨㄛˇ火ㄏㄨㄛˇ火ㄏㄨㄛˇ火ㄏㄨㄛˇ火ㄏㄨㄛˇ火ㄏㄨㄛˇ火ㄏㄨㄛˇ火ㄏㄨㄛˇ
火ㄏㄨㄛˇ火ㄏㄨㄛˇ火ㄏㄨㄛˇ火ㄏㄨㄛˇ火ㄏㄨㄛˇ火ㄏㄨㄛˇ火ㄏㄨㄛˇ火ㄏㄨㄛˇ火ㄏㄨㄛˇ
火ㄏㄨㄛˇ火ㄏㄨㄛˇ火ㄏㄨㄛˇ火ㄏㄨㄛˇ火ㄏㄨㄛˇ火ㄏㄨㄛˇ火ㄏㄨㄛˇ火ㄏㄨㄛˇ火ㄏㄨㄛˇ火ㄏㄨㄛˇ
火ㄏㄨㄛˇ火ㄏㄨㄛˇ火ㄏㄨㄛˇ火ㄏㄨㄛˇ火ㄏㄨㄛˇ火ㄏㄨㄛˇ火ㄏㄨㄛˇ火ㄏㄨㄛˇ火ㄏㄨㄛˇ火ㄏㄨㄛˇ火ㄏㄨㄛˇ
火ㄏㄨㄛˇ火ㄏㄨㄛˇ火ㄏㄨㄛˇ火ㄏㄨㄛˇ火ㄏㄨㄛˇ火ㄏㄨㄛˇ火ㄏㄨㄛˇ火ㄏㄨㄛˇ火ㄏㄨㄛˇ火ㄏㄨㄛˇ火ㄏㄨㄛˇ火ㄏㄨㄛˇ
火ㄏㄨㄛˇ火ㄏㄨㄛˇ火ㄏㄨㄛˇ火ㄏㄨㄛˇ火ㄏㄨㄛˇ火ㄏㄨㄛˇ火ㄏㄨㄛˇ火ㄏㄨㄛˇ火ㄏㄨㄛˇ火ㄏㄨㄛˇ火ㄏㄨㄛˇ火ㄏㄨㄛˇ火ㄏㄨㄛˇ
火ㄏㄨㄛˇ火ㄏㄨㄛˇ火ㄏㄨㄛˇ火ㄏㄨㄛˇ火ㄏㄨㄛˇ火ㄏㄨㄛˇ火ㄏㄨㄛˇ火ㄏㄨㄛˇ火ㄏㄨㄛˇ火ㄏㄨㄛˇ火ㄏㄨㄛˇ火ㄏㄨㄛˇ火ㄏㄨㄛˇ火ㄏㄨㄛˇ
火ㄏㄨㄛˇ火ㄏㄨㄛˇ火ㄏㄨㄛˇ火ㄏㄨㄛˇ火ㄏㄨㄛˇ火ㄏㄨㄛˇ火ㄏㄨㄛˇ火ㄏㄨㄛˇ火ㄏㄨㄛˇ火ㄏㄨㄛˇ火ㄏㄨㄛˇ火ㄏㄨㄛˇ火ㄏㄨㄛˇ火ㄏㄨㄛˇ火ㄏㄨㄛˇ
火ㄏㄨㄛˇ火ㄏㄨㄛˇ火ㄏㄨㄛˇ火ㄏㄨㄛˇ火ㄏㄨㄛˇ火ㄏㄨㄛˇ火ㄏㄨㄛˇ火ㄏㄨㄛˇ火ㄏㄨㄛˇ火ㄏㄨㄛˇ火ㄏㄨㄛˇ火ㄏㄨㄛˇ火ㄏㄨㄛˇ火ㄏㄨㄛˇ火ㄏㄨㄛˇ火ㄏㄨㄛˇ
火ㄏㄨㄛˇ火ㄏㄨㄛˇ火ㄏㄨㄛˇ火ㄏㄨㄛˇ火ㄏㄨㄛˇ火ㄏㄨㄛˇ火ㄏㄨㄛˇ火ㄏㄨㄛˇ火ㄏㄨㄛˇ火ㄏㄨㄛˇ火ㄏㄨㄛˇ火ㄏㄨㄛˇ火ㄏㄨㄛˇ火ㄏㄨㄛˇ火ㄏㄨㄛˇ火ㄏㄨㄛˇ火ㄏㄨㄛˇ
火ㄏㄨㄛˇ火ㄏㄨㄛˇ火ㄏㄨㄛˇ火ㄏㄨㄛˇ火ㄏㄨㄛˇ火ㄏㄨㄛˇ火ㄏㄨㄛˇ火ㄏㄨㄛˇ火ㄏㄨㄛˇ火ㄏㄨㄛˇ火ㄏㄨㄛˇ火ㄏㄨㄛˇ火ㄏㄨㄛˇ火ㄏㄨㄛˇ火ㄏㄨㄛˇ火ㄏㄨㄛˇ火ㄏㄨㄛˇ火ㄏㄨㄛˇ

消防隊長夢中出現的埃及金字塔
竟然是用三百六十一個
「火」字堆疊而成的。
我猜想他若不是一個旅遊時
仍不忘工作的工作狂，
就是在長期飽受工作壓力下，
得了職業妄想症。你認為呢？

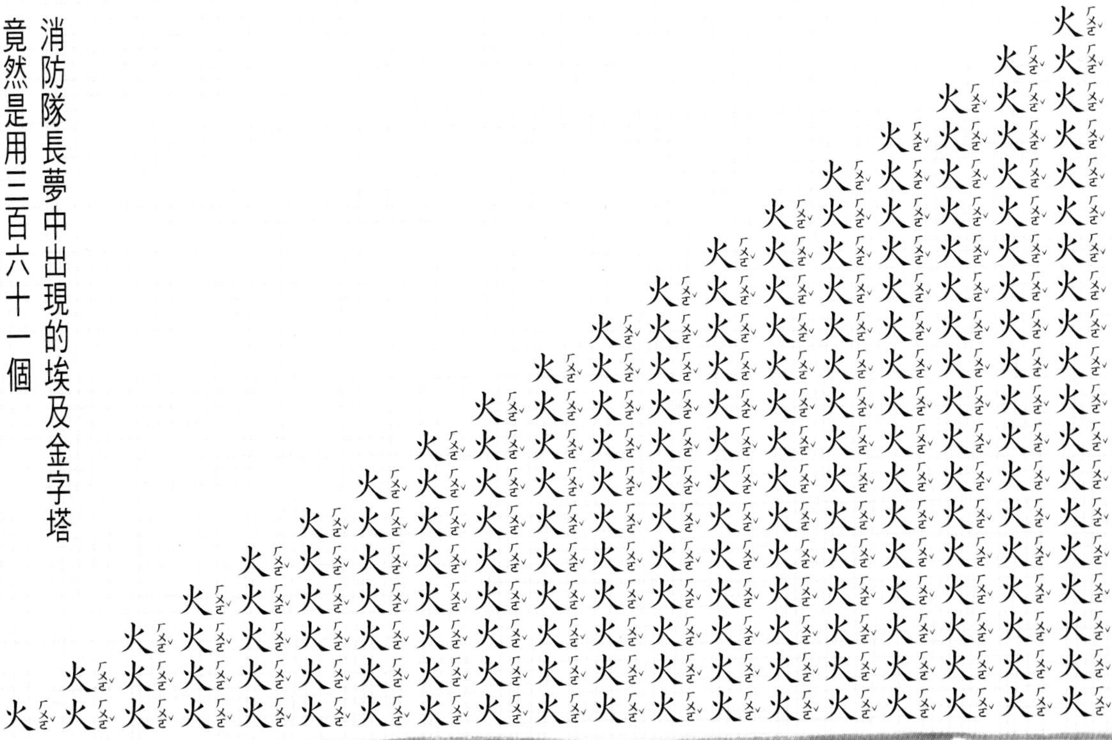

孤獨昆蟲學家的早餐桌巾

虭虮虯虰虱虳虴虷虹虺虻虼蚅蚆蚇蚊
蚋蚌蚍蚎蚐蚑蚓蚔蚕蚖蚗蚘蚙蚚蚜蚝
蚞蚡蚢蚣蚤蚥蚧蚨蚩蚪蚯蚰蚱蚳蚴蚵
蚶蚷蚸蚹蚺蚻蚼蚽蚾蚿蛀蛁蛃蛄蛅
蛆蛇蛈蛉蛋蛌蛐蛑蛓蛕蛖蛗蛘蛙蛚蛛
蛜蛝蛞蛟蛢蛣蛤蛦蛨蛩蛪蛫蛬蛭蛵蛶
蛷蛸蛹蛺蛻蛾蜀蜁蜂蜃蜄蜅蜆蜇蜈蜉
蜊蜋蜌蜍蜎蜑蜒蜓蜘蜙蜚蜛蜜蜞蜠蜡
蜢蜣蜤蜥蜦蜧蜨蜩蜪蜭蜮蜰蜱蜲蜳
蜴蜵蜷蜸蜺蜻蜼蜾蜿蝀蝁蝂蝃蝆蝌蝍
蝎蝏蝐蝑蝒蝓蝔蝕蝖蝗蝘蝙蝚蝛蝜蝝
蝞蝟蝠蝡蝢蝣蝤蝥蝦蝧蝨蝩蝪蝫蝬蝭
蝮蝯蝳蝴蝵蝶蝷蝸蝹蝺蝻螁螂螃螄螅

螇螈螉融螏　螐螑螒螓螔螖螗螘螚螛
螜螝螞螟螢螣螤螪螫螬螭螮螯螰螲螳
螴螵螶螷螸螹螺螻螼螽螾螿蟀蟂　蟃
蟄蟅蟆蟈蟉蟊蟋蟌蟑蟒蟓蟔蟗蟘蟙蟛
蟜蟝蟞蟟蟠蟡蟢蟣蟤蟥蟦蟧蟨蟪蟫蟬
蟭蟯蟳蟴蟶蟷蟹蟺　蟻蟼蟾蠀蠁蠂蠃
蠅蠆蠈蠉蠊蠋蠌蠍蠐蠑蠓蠔蠕蠖蠗蠙
蠛蠜蠝蠟　蠠蠡蠢蠣蠤蠥　蠦蠨蠩蠪
蠫蠬蠮蠯蠰蠱蠲蠳蠶蠷蠹蠻蠼蠽蠾蠿

孤獨的昆蟲學家沒有朋友，成天和昆蟲為伍，
連早餐桌巾都印滿了各種以「虫」為部首的字。
只是這三百五十二個字當中的其中五個好像也餓了，
施展「蛀蝕」的功夫，讓桌巾破了五個洞。
（或者那是昆蟲學家吸煙時，
點燃著的煙頭不小心燒成的？）
總之，破了幾個小洞的昆蟲桌巾，
似乎讓孤獨昆蟲學家的早餐更形孤獨。

世界盃，二〇〇二

雨落在全世界的屋頂，一場盛大的雨毛球賽：

┆┆┆┆┆┆┆┆┆┆┆┆┆┆┆┆┆┆┆┆┆┆┆

│││││││││││││││││││││││

、、、、、、、、、、、、、、、、、、、、、、、

•••••••••••••••••••••••

。。。。。。。。。。。。。。。。。。。。。。。

：：：：：：：：：：：：：：：：：：：：：：：

；；；；；；；；；；；；；；；；；；；；；；；

iiiiiiiiiiiiiiiiiiiiiii

ЛЛЛЛЛЛЛЛЛЛЛЛЛЛЛЛЛЛЛЛЛЛЛ

!!!!!!!!!!!!!!!!!!!!!!!

ϒϒϒϒϒϒϒϒϒϒϒϒϒϒϒϒϒϒϒϒϒϒϒ

ччччччччччччччччччччччч

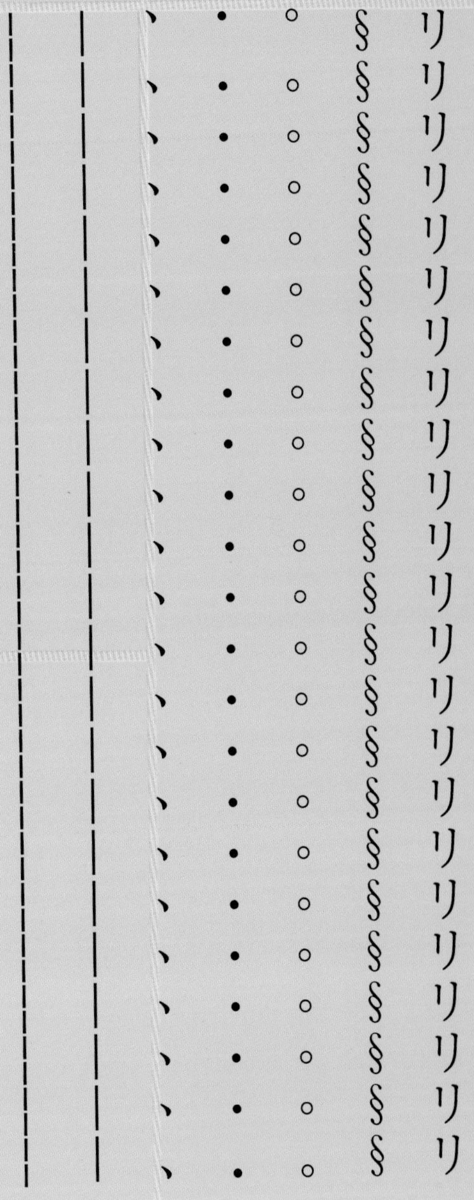

這是一首圖象詩，
外形像個長方形的大型運動場，
整齊的佈滿了一行行雜草似的符號。
題目是「世界盃，二〇〇二」，
但寫的不是足球賽，不是棒球賽，
也不是羽毛球賽，
而是「雨」毛球賽——
原來是「毛毛雨」在舉行它們的運動會，
而且是一場盛大的國際邀請賽呢！
因為是「世界盃」，
所以詩人安排了中國、日本、俄國、
英國、希臘等國的文字參賽。
那一排排由上而下快速落下的符號和字母，
就是各國毛毛雨選手競跑的姿勢了。
我們彷彿聽見各種捲毛，非捲毛，
捲舌，非捲舌的雨的聲音，
交響成一場盛大的雨的饗宴。

寫詩的人

陳黎

陳黎是一個學生們一點都不怕的國中老師，因為他上課非常自由、活潑。他本名陳膺文，生於花蓮，讀的是師範大學英語系，現在也在他的家鄉東華大學的中文系兼課。寫過近二十本的詩集、散文集和音樂評介集，並且還翻譯過好幾本外國詩人的作品。

喜歡聽音樂，也喜歡創新。他「發明」過明信片詩集：把他的詩印成圖文並茂，可以撕下來寄出去的明信片詩集。他的散文被選到國中國文課本裡，逼得他的學生不得不閱讀他。

他的詩意象鮮活，充滿趣味，就像他的人——他非常討厭教條，討厭陳腔濫調。

畫畫的人

楊淑雅

女。插畫系畢業。在家畫畫。

酗咖啡。愛大聲笑。少了好幾根筋。

家中成員：爸、媽、我、一隻白貓。

人生中最感恩的事：有很棒的師長、朋友和家人。

喜歡：看起來很漂亮的食物（美味與否是其次）。

更喜歡：畫畫，也喜歡看別人畫畫。

最喜歡：和朋友一起喝咖啡、畫畫，不會畫畫的就得當model。

詩後小語，培養鑑賞能力

在每一首詩後附有一段小語，提示詩中的意象、或引導孩子創作，藉此培養孩子們鑑賞的能力，開闊孩子們的視野，進而建立一個包容的健全人格。

釋放無限創造力，增進寫作能力

在教育「框架」下養成的孩子，雖有無限的想像空間，卻常被「框架」限制了發展。藉由閱讀充滿活潑想像的詩歌，釋放心中無限的想像力與創造力，並在詩歌簡潔的文字中，學習駕馭文字能力，進而增進寫作的能力。

親子共讀，促進親子互動

您可以一起和孩子讀詩、欣賞詩，甚至是寫寫詩，讓您和孩子一起體驗童詩繽紛的世界。

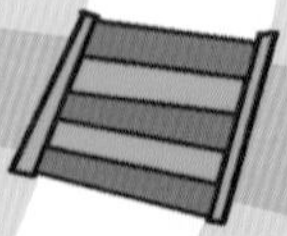

兒童文學叢書

小詩人系列

每個孩子都是天生的詩人

您是不是常被孩子們千奇百怪的問題問得啞口無言？
是不是常因孩子們出奇不意的想法而啞然失笑？
而詩歌是最能貼近孩子們不規則的思考邏輯。

現代詩人專為孩子寫的詩

由十五位現代詩壇中功力深厚的詩人，將心力灌注在一首首專為小朋友所寫的童詩，讓您的孩子在閱讀之後，打開心靈之窗，開闊心靈視野。

豐富詩歌意象，激發想像力

有別於市面上沒有意象、僅注意音韻的「兒歌」，「小詩人系列」特別注重詩歌的隱微象徵，蘊含豐富的意象，最能貼近孩子們不規則的邏輯。詩人不特別學孩子的語言，取材自身邊的人事物，打破既有的想法，激發小腦袋中無限的想像力與創造力。

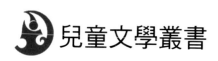

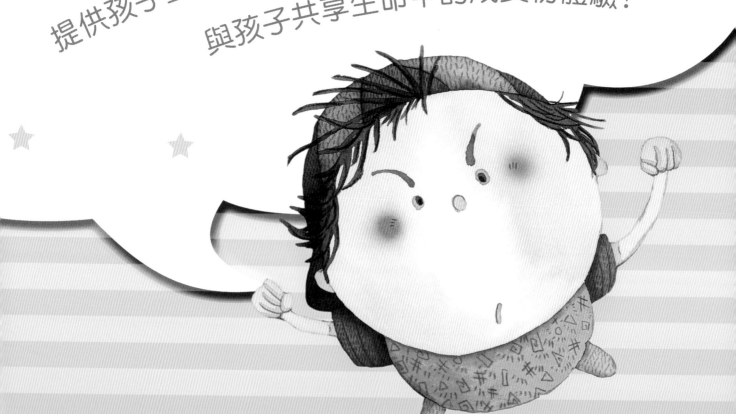